莫礼荣 著

痴竹诗集

壬寅刘斯奋书

（三）

南方传媒
广东人民出版社
·广州·

图书在版编目（CIP）数据

痴竹诗集. 三 / 莫礼荣著. —广州：广东人民出版社，
2024.5

ISBN 978-7-218-17567-6

Ⅰ. ①痴… Ⅱ. ①莫… Ⅲ. ①诗集—中国—当代
Ⅳ. ①I227

中国国家版本馆CIP数据核字（2024）第089648号

Chizhu Shiji（San）

痴竹诗集（三）

莫礼荣 著

出 版 人：肖风华

封面题字：刘斯奋
策划编辑：汪　泉
责任编辑：李幼萍
特约编辑：曾长耕
责任技编：吴彦斌
封面设计：邱健敏
封底治印：李少斌

出版发行：广东人民出版社
地　　址：广州市越秀区大沙头四马路10号
　　　　　（邮政编码：510199）
电　　话：（020）85716809（总编室）
传　　真：（020）83289585
网　　址：http://www.gdpph.com
印　　刷：广东鹏腾宇文化创新有限公司
开　　本：787毫米×1092毫米　1/32
印　　张：8　　字　　数：100千
版　　次：2024年5月第1版
印　　次：2024年5月第1次印刷
定　　价：93.00元

如发现印装质量问题，影响阅读，请与出版社（020-85716849）
联系调换。
售书热线：（020）87716172

序

昔陶靖节有"纵浪大化中，不喜亦不惧"之言。不喜不惧是古人直入玄通的境界，无非静坐功深，领得元始气象，于学问一门薰修，长期深入，以致澹泊宁神，明志修身，则人生忧患不成为负担和坎坷，直入浩然正气之境。不喜不惧并非形同槁木，应无诸如失意飘零、怀才不遇之憾，却有始终怀抱青云求索之志。

新冠疫情将弭之年，夏月，我在广州医科大学附属市中医院针灸名医工作室门诊下班之际，莫主任亲视卑寮，赠我《痴竹诗集》（一）和（二）各一册，自此引为知己。每于晚间拜读其诗文，忽如唐宋之风扑面，英豪瑶佩，满卷炜煌，凛凛如正气沛然于胸，得风光霁月襟怀之感。其诗或反映生活之天然景物、氛围、意趣，浑厚质朴，神韵有致，颇具陶令隐儒之风；其词或品茗交友，游历山川，人文景观、名胜风物，跃然纸上，其所抒情，人生感悟，又有王维之山水淡然和东坡之豁达豪迈。

传统中医文化与诗词创作皆以"道"与"神"两字相通。一针一艾施于人身，内涵经络脏腑所应，外显卫气营血所荣，其扶正祛邪、却病延年者，总以治神为关键。一首诗之意境高远，代表着作者心灵世界之真实面貌，神贯气韵，立判高下。一位针灸医生，针下疏通经络，补泻方圆，燮理阴阳，能否导气治神，上工粗工泾渭分明。久闻礼荣兄乃岭南儒医，声蜚海内外，数十年潜心黄岐之道，针技精湛，出神入化，活人无数，杏林多传其佳话。兄针灸临床之余，勤于诗词创作，今第三集诗刊行于世，可贺可喜。

岭南皆知礼荣兄是一位真真切切的针坛诗人，一位纯粹、善良、医德高尚、大医精诚的上工，也是一位平凡质朴、热爱生活的望八长者。

《痴竹诗集（三）》付梓之际，兄嘱以序，敢不效命？感谢礼荣兄的无私分享，功在诗学，惠泽杏林。

以《贺痴竹客诗集付梓》赞之：

手执银针济众忱，
心灯照境助医林。
竹扬高节诗风意，
犹是痴情翰墨斟。

赖新生

2024.05.12

（赖新生，我国著名针灸学家、中国名老中医药专家、广东省名中医、二级教授、博士生导师，诗人。）

自 序

此乃笔者付梓之第三本诗集。

履职医堂，秉针炷艾、辨证处方，已近四十秋。幸蒙造化厚爱，寿迎七十八春矣，尚能执业于广州十三行国医馆。然"吾生也有涯，而知也无涯。以有涯随无涯，殆已"。诗意慈航，若诊籍如烟，实吾生之大憾也。"夕阳无限好，只是近黄昏。"亟应珍惜晚岁，大愚当智，搜索枯肠，将过往之临床历闻、阅读偶得，反刍一番，撷取自以为异众者，敝帚自珍，憨然为文，诗草结集，敢拾杏林之遗也。躬奉方家、骚人以斧正，然则寸心可聊报春晖矣。

新冠肺炎疫情期间，避疫端居，诊余兰圃，眈读郭世余编著《中国针灸史》和杨士孝注《二十六史医家传记新注》两书，竟觉身如一叶扁舟，航荡于中医激浪摩云、急流救难、仁义深博、一往无前之医学史河中。先贤俊彦，令吾高山仰止，予立愿以笺代碑，镌诗铭颂，冀作沧海一滴、杏林一叶也。

诸诗虽拙，却全为心言；亦不敢违近体诗之格律，皆韵押平声，惟望不辱梨枣也。

而聆琴追远、天涯采风，林泉高致、餐霞品音，可"优雅地老去"矣。

是为序。

莫礼荣
2024.03.13

作者像

2023 年 5 月 1 日，广州兰圃公园

目　　录

002

"金元四大家"之一

"金元四大家"之二

"金元四大家"之三

"金元四大家"之四

007

第五章　餐霞品音 …………… 175

餐霞即兴

品音遐想

乐迷逸事

第一章

读史纪贤

读《中国针灸史》

【题记】

近日粗览读郭世余编著《中国针灸史》（天津科学技术出版社1989年版），欲据临床所得之验历，赋以诗律，聊记千虑之一得，赧奉同仁，望赐以斧斤。

一

明堂孔穴隐神灵，
最听银针老艾经。
万代虔心探脉道，
慈云化雨杏花馨。

二

针灸平生何足道，
慈航浪漫一扁舟。
循经步络明堂谒，
大器辉煌度九州。

2023.04.02 兰圃国香馆

先　哲

越人、仲景、太仓公，
针艾汤方配用同。
《甲乙》经文皇甫撰，
《灵枢》手法华佗工。
葛洪重灸《外台》秘，
上善开蒙《太素》雄。
慧眼通天虚幻悟，
于无形处建奇功。

003

2023.03.19

【附记】

　　扁鹊者，姓秦氏，名越人。"望而知之"之神医也。过齐，望诊齐桓侯，知其疾自腠理而血脉再肠胃间，终入骨髓，断其不治。千古一人也。其诊疾扶危，艺高技广，《史记·扁鹊列传》载，妇、儿、老人之特色病患，皆遍治。更是中医脏腑辨证与经络辨证相结合，针灸砭烫与汤药并施，起死回生的巨擘（见治虢太子案）。实中医史载之第一人。

医圣张仲景，著《伤寒论》，六经辨证，有法有方，理无不该，法无不备，诚万世之法程。医圣"尝慷慨叹曰：'凡欲和汤合药，针灸之法，宜应精思，必通十二经脉，知三百六十孔穴，荣卫气行，知病所在。宜治之法，不可不通'。"（载《世补斋医书》）

《伤寒论》中，多有针药并用之经文，如：

"太阳病，初服桂枝汤，反烦不解者，先刺风池、风府，却与桂枝汤则愈。"

"太阳与少阳并病，头项强痛，或眩冒，时如结胸，心下痞硬者，当刺大椎第一间、肺俞、肝俞。慎不可发汗，发汗则谵语，脉弦。五六日谵语不止，当刺期门。"

"太阳少阳并病，心下硬，颈项强而眩者，当刺大椎、肺俞、肝俞，慎勿下之。"

而《金匮要略》，亦重视针灸与汤药的配用，如：

"奔豚气病"之用灸法，"与桂枝加桂汤主之"；

"寒疝"，灸刺；

"妇人杂病"，行其针药；

妇人"热入血室"，当刺期门，随其实而泻之；

救猝死而四肢不收、失便者方中有"灸心下一寸、脐下三寸、脐下四寸，各一百壮"之文。（笔者按：心下一寸即鸠尾穴，脐下三寸为关元穴，脐下四寸为中极穴。）

太仓公，汉代名医淳于意也。《史记》载诊籍二十五者，乃其生平脉法，辨证立方，循经取穴针灸之纪录。有汉一代，经络系统之识知日渐深刻，临床针灸术已广泛应用（见《史记·扁鹊列传第四十五》"齐章武里曹山跗病"）。

晋皇甫谧(士安)所编著之《针灸甲乙经》,疏理《灵枢》,精定穴位,陈针灸功效,为中医史之第一部针灸专著。其是"经络所过,主治所及"之近道取穴之滥觞:"头痛颜青者,囟会主之";"手臂不得上头,尺泽主之";"足下缓失履,冲阳主之"等。

华佗,正史载其针刺取穴精而少,行针导气达病所,病者言"已到",应便拔针,病亦行差(《三国志·华佗传》)。——"远道取穴"针法之范例,示标其对《灵枢》经络之流注的把握。

葛洪,字雅川。功高惟诗可铭。

一

罗浮采药古今连,
一味青蒿榨汁鲜。
诺奖大厅屠老颂,
登坛幸靠葛洪肩!

二

稚川专灸克危关,
野陌取材非等闲。
慧眼王焘知大智,
《外台秘要》艾烟环。

隋代杨上善撰《黄帝内经太素》,证明《灵枢》并非是晚出于《素问》之针灸典籍。

杨氏主张"欲为针者,先须理神也""为针之法,以调气为本";并对腧穴的排列遵《明堂》以经统穴,按经索穴,对宋朝王惟一的"循经取穴法"产生了巨大影响,亦暗洽晋代皇甫谧之"经络所过,主治所及"之法。

唐代巨擘

李唐医署禄针师，
勘定明堂化可疑。
思邈千方金不换，
王冰一寸指同知。
经联内腑玄操晓，
术启同仁甄氏为。
独立成科滋九派，
杏林秀木得天机。

2023.03.26 兰圃

【附记】

　　唐代，针师身怀高技，疗效显赫而备受敬重，首次
列入百官之序，在太医署有位，成为独特之方技，食皇
家俸禄。

　　名家皆重视"明堂"经穴之定位，并各有贡献。

杨玄操重视经验，认为脏腑之气与手足经络相应，乃针药疗病之根据："凡一脏之病，有虚有实，有寒有热，有内有外，皆须知脏腑之所在，识经络之流行，随其本源以求其疾，则病形可辨而针药无失矣。如不委斯道，则虽命药投针，病难愈也。"

甄权，针技高超，精定穴位，巧用穴方，名噪一时之针灸大师。仁济唐宋两朝。

孙思邈大智仁心，著《备急千金要方》及《千金翼方》，集唐以前名家如扁鹊、华佗、徐嗣伯、支法存及甄权之针灸医方四百余条。理论方面，主张"针药兼用""针灸并重"。运用辨证论治于针灸临床。遵《灵》《素》之旨，"同病异穴""异病同穴"："凡云孔穴主对者，穴名在上，病状在下，或一病有数十穴，或数病共一穴。"此是对针灸疗法的首创。

王焘编著《外台秘要》，对灸法有所发明。

关于灸法运用于临床的一些关键性问题，王氏从理论上进行了阐述。特别是补泻，其认为"凡灸皆有补泻。补者无吹其火，须炷自灭。泻者疾吹其火，传其艾，须其火至灭也"，亦强调"衰老者少灸，盛壮者多灸"。

王冰之最大贡献是整理、次注《素问》，多有纲领提挈之名论，为医家的临床辨证施治之杖策。

王氏是中国针灸史的一座丰碑，为中国针灸学说贡献了教科书般的伟论。

一、强调针刺需"候气"，以"得气"为首务："候可取之气"，"要以气至有效而为约，不必守息数而为定法也"。

二、首倡以"同身寸"为准确的取穴方法，按患者本身之尺度，作为度量自身穴腧的标准。

三、第一次揭示了"穴位"并非全然如《明堂经络图》之纸上所标示的平面点，针灸师应按"同身寸"法，用押指触摸患者身体，结合人的体表特殊标志，发现可"容针而刺者"方是真穴。如：

"天突在结喉下同身寸四寸之中央宛宛中"；

"中封穴在足内踝前同身寸之一寸半陷者中"；

"解溪在冲阳后同身寸之二寸半，腕上陷者中"；

"申脉在外踝下同身寸之五分，容爪甲"；

——真振聋发聩也！

宋朝大器

奇才野老晤明堂，
论穴探经炷艾香。
创铸铜人金铎振，
精雕梓木杏花扬。
韵言七字传针诀，
至善无私示灸方。
更喜《灵枢》重现世，
脉图一统助慈航。

2023.04.02

009

【附记】

　　赵宋先后三百余年，经济较李唐更发达，施政宽容，对医学更为重视。在职官中置太医局、设太医院，并建立大规模的针灸教育机构，设官经理，校正针灸医籍。朝野名家隐士，多有针灸专著刊行。隐佚已久的针灸祖典《灵枢》重现，令各家之经验及图经有所依凭。

针灸史之划时代丰碑，是宋仁宗朝之翰林医官、尚药奉御王惟一，"考明气穴经络之会，铸铜人式，又纂集旧闻，订正讹谬，为《铜人腧穴针灸图经》三卷"。——统一了十二经脉及任督二脉之腧穴之归经，并刻《图经》于石上，冀为万代之式。

宋朝置太医局，内设针兼灸科，学生考试，"按铜人腧穴针法"（即以铜人为范模取穴针刺）为准。

继而者，宋徽宗诏集海内名医，出御府所藏禁方秘论，纂辑成《圣济总录》，凡二百卷。其载针灸内容，堪称大全者也。最可贵处，是重墨阐发"骨度及骨空穴法"。明确人身各骨节特点之把握，为刺法之先务。并发扬唐代王冰的"同身寸"法，"以明孔穴，为施刺灸"。

针灸学术活跃，流派众多，歌韵传道，图文并茂：

南宋许叔微，首以七字韵言，编写针灸歌。

南宋庄绰，编《灸膏肓腧穴法》（又名《膏肓灸法》），图示当时之不同流派的灸膏肓的取穴法凡九家。

南宋医家窦材，以灸名世，善辨证施灸，"同病异治（穴），异病同治（穴）"。主温补脾肾，喜用命关（食窦）、关元二穴。发明"睡圣散"，受灸者服之而"昏不知痛"，乃全身麻醉灸疗法。

南宋郭雍，字子和，精研仲景学说，校补伤寒针法；主张针灸与汤药相辅。

王执中，字叔权，南宋之大儒医（乾道己丑进士）也。著《针灸资生经》，集宋以前灸法之大成，内、外、妇、儿、耳、鼻、喉诸科灸法略备。既能据病源选穴配穴，更启示腧穴压痛点为施炷之处，灸之病愈。此是后世"阿是穴"正源？待考。

闻人耆年，大隐隐于野者也。"齿发衰矣"之年，将已试之方，编述成《备急灸法》，称"针不易传，凡仓猝救人者，惟灼艾收第一"。

宋朝还流行用灸法治疗外科痈疽等疮病，"泄蕴毒，使毒气顋夺，而无内蚀之患"。

金元大家

艾炷春晖暖恙袍，
针方各派竞风骚。
马丹阳说天星秘，
窦汉卿扬山火高。
刺血疗痈成上策，
跨经透穴破囚牢。
干支流注时辰配，
补写迎随巧手操。

2023.04.05～06

012

【附记】

　　金元两朝，中国针灸学术流派大家崛起，各有风骚。

　　史称"金元四大家"者，其针灸所取之经络及穴、法，与各自学术特色相趣。

　　"寒凉派（主火学派）"之刘河间（字守真），学术主张"凉剂以降心火、益肾水为主"。其针灸，以清热泻火为基点，善刺络放血法。

张从正（字子和），学术"宗守真，用药多寒凉"。亦精于针刺放血疗病。

李杲，号东垣老人，"脾胃学说"之创立者。其针灸之精髓以胃气（补土）为本。好取足三里、章门、中脘及气海。

朱震亨，字彦修，人称"丹溪先生"。学术立论是"阳常有余，阴常不足"，人称"滋阴派"。认为"针法浑是泻而无补"，继承了张从正（子和）"出血者，乃所以养血"之论，因而精于刺络放血疗法。

马丹阳，有传世《马丹阳天星十二穴治杂病歌》。简洁实用，疗效确切，对症广泛，同时又是远道取穴的典范（"三里内庭穴，曲池合谷接，委中配承山，太冲昆仑穴，环跳与阳陵，通里并列缺"），为后世针灸学配穴指点迷津。

窦默，字汉卿，创立烧山火、透天凉、阳中隐阴、阴中隐阳、子午捣穴、进气、留气、抽添等针刺补泻八法，堪为临床圭臬。

窦氏还发明一种"八法八穴"之配穴方法，揭示了奇经八脉与十二经之特定穴相交会的关系：

公孙（冲脉）～内关（阴维脉）；

足临泣（带脉）～外关（阳维脉）；

后溪（督脉）～申脉（阳跷脉）；

列缺（任脉）～照海（阴跷脉）。

——以上成为人体手足上下之主客对穴，疗效更为显著。

一针多穴，乃透穴跨经之创新针刺法。王国瑞，窦汉卿传人，其《扁鹊神应针灸玉龙经》内之《玉龙歌》载：

"头风偏正最难医，丝竹金针亦可施，更要沿皮透率谷，一针两穴世间稀。"

金元期间，针灸医师对痈疽采用刺络放血排毒，已成共识，为明代开启先河。

而运用"子午流注"，则是近现代之"时间治疗法"之滥觞也。

大明群英

探经启穴凭针艾，
行善楚材梨枣雕。
景岳类编灵素汇，
继洲大著古今聊。
凌云刺法生前博，
薛己灸功身后昭。
读史灯前寻俊杰，
千家蕴藉富明朝。

015

2023.04.12

【附记】

　　朱明江山近三百年。承元制，在职官中亦置太医院，设医学教育。自御医以下，针灸为官，专一科。

　　明朝针灸医学继承了金元时期各个流派的不同特点而又推陈出新，针灸医家如春笋遍地破土而出。并家学长传，甚至十余世代。朝野升平，名著缤纷面世，史载达五十余家。对《灵枢》《素问》《难经》之原旨钩沉揭秘，对经络图谱及穴位精研细究，学术繁荣，史无前例；脱苦祛疾，简捷便廉，"寻常药饵何曾效，分寸针芒却奏功"。巨著《普济方》详列针灸调治病证达207种，包含内、外、妇、儿诸科，风、伤寒、五官、脏、腑、虚损、诸痛及症瘕积聚等不同类别之疾。

才气过人、操觚只手、巨著孤心、名山泽长者，张景岳之《类经》《类经图翼》《类经附翼》，与杨继洲之《针灸大成》也。

张氏欲振聩指迷，以《灵枢》启《素问》之微，用《素问》发《灵枢》之秘。言不能尽意之处，另详以图，故续编《图翼》《附翼》，对针灸之理论与术、法，深刻展示。

杨继洲之《针灸大成》，承前启后，除搜辑了自古至明的针灸法数以处，更有自己的明见，重视经络于诊断、治疗诸方面的临床意义。主张"针、灸、药者，医家之不可或缺一者也"。配穴处方者，汲法古人，同病异治，异病同治。更善用"透穴法"。

明朝久负盛名之针灸大家，首推凌云。取穴求其分寸实用，部位精准。刺法承宋、元时期之"透穴法"，并发展了《灵》《素》中毛刺、半刺、浮刺、直刺、输刺等针刺古法，因穴、因病而采取其相适应之刺法，如沿皮刺法、沿皮透穴刺法、平针刺法、横针刺法、斜刺法、透穴刺法、浅刺法、深刺法，并熔诸法于一炉，灵活运用。更有"刺络出血法"。凌云针法蔚然一派，延泽当代。

凌云秉性慈悲，出道奇崛，德艺双馨，名驰朝野，剑胆琴心，任侠轻财，日治数十百人，殁时却家无余资！

凌云，一位高山亦为俯躬之伟人。

薛己，号立斋，节志为医。其外科灸法，是在继承了唐代孙思邈、金元时期李东垣等疗疽、发背灸法的基础上，又有所发展。精工灸法：隔蒜片灸，或研蒜成膏作饼隔灸，将豆豉饼灸、附子饼灸、隔姜灸、桑枝灸等不同灸法手段施治于外科各种复杂难治之证中。并常施针刺，服汤药相辅。

清廊劲草

夕照衰墀多劲草，
针花艾露漫阶临。
乾隆明鉴医宗咏，
光绪昏庸脉祖侵。
创灸如神滋橘井，
参西释骨益医林。
民间著述荣梨枣，
济世慈航共一心。

2023.04.17 兰圃国香馆

018

【附记】

　　有清国运二百六十余年，饱历内忧外患，康乾"盛世"之后，墀廊荒寂，渐趋朽颓，"变法"无回天之力。然深植民间之岐黄之术，却如劲草，漫野繁生。其中针灸学术，生命力与实践同步发展。乾隆朝由吴谦领衔奉诏编纂之《医宗金鉴》，其中《刺灸心法要诀》是当时针灸学的代表著作。又朝野皆制铸"针灸小铜人"。针灸名医施术九州，逾百著作行世，对经络系统钩元提要，博综约取，盛况空前。然与崛起的诸温病学大师相媲，却少了里程碑式之名著及众人仰止的大擘。惟幸承凌云遗秘之"江上外史"所著《针灸内篇》，揭示了针穴"得气"之奥妙："凡针入穴，宜渐次从容而进，攻病者知酸、知麻、知痛，或似酸、似麻、似痛之不可忍者即止，此乃病源已在于此。"书中还述及"眩针"症状（或呕吐，或浑身发汗，或人事莫知，遗大小便）及应对救治方法（其针头切不可拔出，只需嚼老姜三片即醒……）。

西洋医学东渐，中西交流，欧洲荷兰、德国、英国等地及日本、高丽医学界始步研探针灸术。中国针灸医生们亦对其解剖知识有所接纳：

吴江人沈彤，撰《气穴考略》《释骨》等作。其《释骨》篇，根据气穴所在，博征详考，指出以前许多错误，对针灸研究极有启发。

乾隆朝，阳湖人孙星衍作《释人》，是继《释骨》之后，又一部解释人体各部的伟作，与《释骨》相得益彰，确能在诂解医经有关针灸方面起到应有作用。

采艾、用艾颇为讲究。有《采艾编》《采艾编翼》等行世。

灸法则有创新之举，"以针为艾"的"太乙神针"法大行于世。

道光帝竟于1822年下令"太医院针灸一科，着永远停止"，乃针灸行世千年所未见的昏君之诏。遗臭一千余年！

019

民国名士

持针炷艾心如铁，
抗命儒医逆境行。
淡泊无私扬国粹，
劬劳多著有仁声。
骨空探秘千秋业，
脉道披肝赤子程。
结社风流南北颂，
灵枢泰斗似长庚。

2023.04.24

【附记】

历史之诡异处，是推翻清王朝之后，北洋军阀政府之教育总长汪大燮却"决意今后废除中医"；北伐胜利后，南京国民政府于1929年召开第一次中央卫生委员会议，通过余云岫等人提出的《废止旧医以扫除医事卫生之障碍案》。似乎冥冥之中，秉承道光之诏令。针灸医学命运濒危。

幸得中医名士领头，集结上访抗议。迫得蒋中正表态，提案最终被取消。

民国时期，中医名士如丁甘仁、谢利恒等创办上海中医专门学校，针灸大家承淡安创办无锡中医针灸学研究所、无锡中国针灸医学专门学校。宁波、无锡、苏州、北京、宜昌、重庆、沈阳、哈尔滨等地纷纷成立专门研究、阐发针灸学的学术民间社团，还创办中医期刊和发行针灸杂志。

最值得铭记者，是承淡安提出：针刺治病，"以得气为第一义"；灸法，"实症、急性症，炷宜大而壮宜多。虚症、慢性症，炷宜小而壮宜少。必持之以恒，斯可矣"。

愚之长辈（姓林之叔公、姓莫之伯父）民国时期在乡村及省城广州行医，备受民众尊敬，未闻其受当局歧视或洋医排挤之经历。而职事中医药近五十年，大学同窗之前辈及中医同仁（多有出身中医世家者），在民国时期为医之经历，亦似余之长辈也。鼎革后，成为各医疗单位的栋梁。

"自由职业"乃民国独立谋生行业如中医师（包括针灸师）之称誉也。各怀仁心，施布甘露，有古风，厚孚民望，不因鼎革而变。在二十世纪七十年代之前，皆应诊量多，口碑高传。却因入职之门路"新"而"异"，传薪或有跌宕矣！

共和国士

针花艾草杏林兴，
骀荡春风远古承。
九派操劳寻奥义，
群英荷爱履危冰。
刺探造化情难了，
灸得玄机疾可征。
遏疫凌云扬国粹，
共和俊杰万民称。

2023.04.28 ~ 29

【附记】

　　人类医学史上，只有中国人发现了经络系统，并且数千年从未断续地探索利用它来治病养生。

　　公元前人类建造的奇迹，如埃及的金字塔和神庙，古物雄伟，举目可视，伸手能触，叹为观止。

但经络系统，却像存在于每个人身上的生机勃勃又虚渺无形的神迹，是屹立在世界医史长洪中，任凭时光的冲击而不损色的信仰。"名可名，非常名。道可道，非常道。"

自《素问》《灵枢》始，朝野大夫，焚膏继晷，呵壁描图，铸铜人镌石碑，硎针炷艾，同身寸穴，迎随补泻，烧山火以扶阳，透天凉而化阴，雷火神针，陈艾灸顽，天星十二，梅花七瓣，"阿是"矢的，八脉交汇，"四总"大诀，"得气"为先，傍刺透刺，上病下取，近病远刺，……"巧运神机之妙，工开圣理之深"，"能蠲邪而扶正"，"善回阳而倒阴"。

共和国新建，中医被卫生部称为"旧医"，提出"改造"，实质为扼杀的实施方案。幸最高领导人英明，否决提案，并撤了卫生部两位副部长之职务。中医针灸学术才真正获得解放，"遍地英雄下夕烟"！涌现了王乐亭、于书庄、杨永璇、陆瘦燕、祝总骧、郝金凯、承淡安、彭静山、费久治等大家及其著述，针坛春风蔚然，薪火传承。

笔者有幸，聆听广州中医药大学首席教授、针灸大师靳瑞讲课。

靳瑞教授在与来访的英国皇家医学会的学者交流，答疑"为何针灸能治病？"时说：我们凭"经络系统"。随后针刺一病者的环跳穴，运针，皮肤竟透现一条红线，循针灸挂图示"足少阳经"之所过。"石破天惊"！

梅尔扎克与沃尔在合著《疼痛的挑战》中提到，曾经针刺"阿是穴"，令顽久的疼痛痊愈。并表示，其机理难以用现代医学理论阐释，惟"经络系统"或可解惑。

关于解惑中医传统的"针灸－经络系统"的理论，中外科学家近百年来多学科、跨学科、多维度探研，各有发明发现，但是对"神迹"之探秘钩玄，大多数似缺燃犀之光，如管窥之豹，难得全像。

惟祝总骧与郝金凯主编的《针灸经络生物物理学——中国第一大发明的科学验证》最可称善。

而卢静轩主编的《针刺麻醉概论》(钱信忠任总主编的《中国针刺麻醉》之第一分册，山西科学教育出版社 1987 年版) 最可临床参考。

国医大师邓铁涛曾说，中医学是跨越时空的科学。何等英明之论也。

予从事针灸临床近四十年，虽略有心得，读《中国针灸史》后，自知仅为杏林一木之小叶而已。再将《中国针灸史》放入中国医学史及历代名医传略的浩瀚长河中考量，则更是"曾经沧海难为水"了，惟素节针灸，无愧余生。

读历代医家传记感怀（一）

史官眼慧笔如刀，
秉烛纵横百纪劳。
长卷慈悲甘露漫，
航程跌宕苦心操。
浮屠级级儒医座，
云笈篇篇隐士袍。
千载名医宗仲景，
胼胝厚载尽风骚。

2022.05.15 兰圃

读历代医家传记感怀（二）

古稀展卷寿千年，
拜谒奇才古籍边。
乞者感恩传绝技，
沙门折志有师缘。
归山拒诏求安静，
隐姓行仁自淡然。
乡曲莽原高手论，
解衣槃礴震云天。

2022.05.16

禁方秘法
——读历代医家传记感叹

师授高徒尽禁方，①
民间秘法杏林扬。
儒医秉烛群书问，
野老耕田百草尝。
一药发明贻万代，
各家立法历沧桑。
张机救世伤寒论，
获奖青蒿抱朴香。

027

2022.05.23 兰圃

【注释】
　　① 最传奇者，莫过于异人长桑君之予扁鹊秦越人，公乘阳庆之授仓公淳于意，以及同郡张伯祖之传医圣张机仲景也。

读《史记·扁鹊 仓公列传》

神随扁鹊望齐侯，
长赞仓公诊籍优。
美好不祥之器也，
仁慈幸得汗青留。

2022.03.25

读《后汉书·郭玉传》

少事涪翁隐迹徒，
《针经》《脉法》若醍醐。
仁心尽力医贫贱，
敢诉贵人难大夫。

2022.05.12

【附记】

　　郭玉之师，名程高，受炙于垂纶涪江（因号"涪翁"）的乞者。翁有《针经》《诊脉法》传于世。高亦隐迹不仕。

　　玉后为汉和帝之太医丞。曾对帝言，临诊显贵者有"四难"。

读《世补斋医书·张机传》

伤寒方证万秋灵，
抗疫九州遵六经。
见病知源思半矣，
活人无数药芳馨。

2022.03.25 兰圃

读《后汉书·华佗传》

施针处剂简而神，
麻醉剖肠洗秽身。
误侍阿瞒天下叹，
千秋雄鬼杏林巡。

2022.03.31

读《医史·王叔和传》

编次伤寒金匮简，
神州医圣立碑人。
仁心博学先贤问，
十卷脉经诠秘真。

2022.03.27

读《晋书·皇甫谧传》

高士如林君独秀，
轻王拒诏远功名。
羸躯素履灵枢究，
济世针经烛泪生。[1]

2022.03.30

【注释】
　　[1] 针经，《针灸甲乙经》之简称。

读《晋书·葛洪传》

罗浮采药古今连，
一味青蒿榨汁鲜。
诺奖大厅屠老颂，
登坛幸靠葛洪肩。

2022.03.28

读《梁书·陶弘景传》

归隐茅山成宰相，
寻添本草注经文。①
高风博学通明士，
最慕留侯问道欣。

2022.03.31 兰圃

【注释】

①原《神农本草经》收药365种，弘景又新增365种，合730种，并对药性之性味功能类注，而成《神农本草经集注》，乃中医药物学之雏形也。

合读《南史·徐文伯嗣伯传》《北史·徐謇传》《北齐书·徐之才传》

乱世留名三史载，
同宗七代以医传。
入宫常遇慈航险，
恨不南山坐听泉。

2022.04.01

读《魏书》之《周澹传》《李修
传》《王显传》及《崔彧传》

儒能通术寻常事，
最忌青云脚下虚。
宦海布衣宜远避，
澹修莫显自如如。

037

2022.04.02

读《北史·马嗣明传》

仁心宅厚君民治，
针灸高明自一家。
练石涂痈痈即弭，
惟轻名手玉留瑕。

2022.04.03 兰圃

读《周书·姚僧垣传》

儒医官宦有深缘，
令器逢凶化吉坚。
天道无亲常与善，
周隋梁魏庙堂眠。①

2022.04.04

【注释】
　①传主历任南梁、西魏、北周和隋四朝，术高效验，备受宠信。享年八十五岁。

读《周书·褚该传》

祖辈为官该善医，
术高朝授大夫仪。
不矜长者留清誉，
蕴藉慈祥后世师。

2022.04.04 太古仓码头

读《隋书·许智藏传》

孝承祖训研方术，
自达陈隋两代官。
致仕难成云上鹤，
舆迎处药令王安。

2022.04.04

读《旧唐书·甄权 立言传》

孝儿昆仲①专医业，
针药隋唐两代称。
尚齿太宗几杖赐，
著书憾佚失传承。

2022.04.05

【注释】
①兄权，弟立言。

读《旧唐书·宋侠传》

北齐贵胄以医名，
十卷《经心》录善声。
济世长文虽已佚，
白云黄鹤载高情。

2022.05.12

【附记】

　　宋侠者，北齐东平王文学孝正之子也。以医术著名。官至朝散大夫、药藏监。撰《经心录》十卷，行于代，已佚。

读《旧唐书·许胤宗传》

治陈太后出奇招，
继仕隋唐两盛朝。
疗瘵①关中精脉象，
骨蒸②单药③复逍遥。

2022.04.05 太古仓码头

【注释】
①瘵，痨瘵也。乃肺结核病之古称。
②重病者，骨骼（人体深层）若热蒸。
③单药，只用一药。

读《旧唐书·孙思邈传》

聪明弱冠谈庄老，
不二法门仁术攻。
巨著《千金》①酬夙愿，
慈悲上寿大儒风。

2022.04.06

【注释】
　　①《备急千金要方》和《千金翼方》是传主古稀及
期颐之年所编撰。

读《旧唐书·张文仲传》

断症如神预死生，
擅疗风疾妙方行。
则天一代名医众，
案证铭君脏腑精。①

2022.04.07

【注释】
　　① 即大臣苏良嗣受武后特保，于殿庭因拜跪绝倒之病案。

读《旧唐书·孟诜传》

高士逆鳞缘药金，^①
林泉赍志摘冠吟。
贤良善药躬耕乐，
耄耋犹言济世音。

2022.04.07 兰圃

【注释】
　①因辨验了武后之敕赐金为"药金"，受贬。

读《新唐书·王焘传》

侍母弥年衣不解，
数从同代大医①游。
廿秋文馆方书读，
秘要外台②千卷修。

2022.04.08

【注释】
　①王氏从游之大医，有崔知悌、许仁则、张文仲等。
　②《外台秘要》是其离开台阁（尚书省）、出守邺城时完成，故名。

读《宋史·刘翰传》

世医献籍已名周，^①
仕宋神农本草修。
奉诏领衔新旧勘，
郎中壮志遇知酬。^②

2022.04.10

【注释】

① 后周时，刘翰曾诣阙献《经用方书》《论候》及《今体治世集》，受皇上嘉奖。

② 宋太祖开宝年间的《开宝重定本草》是中国首部官方药物学典籍。

读《宋史·王怀隐传》

怀高道士隐于医，
方药类编宫内为。
首冠病源巢氏论，
太平圣惠九州施。

2022.04.10

【附记】

　　传主奉诏归俗，受命为医官，与众同仁，冠列隋代巢元方《诸病源候论》之文，汇集是世一万六千余方药，类编成《太平圣惠方》(宋太宗序)。

读《宋史·赵自化传》

调膳养颐篇什嘉，
摄生遗著宋王夸。
吟哦五卷今何在，
显秩名医梦里华。

2022.04.10

【附记】

　　传主博雅，除宋真宗制序之《调膳摄生图》(原名《四时养颐录》)，还有《汉沔诗集》及《名医显秩传》问世。

读《宋史·冯文智 刘赟传》

奉御世医方技精，
冯郎受赐紫绯荣。①
卅年贯髀陈金镞，
敷药出之天下惊。②

2022.04.11

【注释】

① 绯为五品之服，紫为三品之服。

② 将军贯髀留体卅年的箭头，刘赟敷药而出。

又按：予中医药大学同窗是广州名医何竹林哲嗣，曾言何大师身怀如刘赟之绝艺——敷药而拔出军士身中的子弹头。

读《宋史·沙门洪蕴 法坚传》

出家习业成医士，[①]
诊切庙堂披紫袍。
广济京师疗痼疾，
庐山不及德才高。[②]

2022.04.12

【注释】
① 洪蕴幼入寺门习医。
② 法坚乃庐山僧人，号广济大师。

读《宋史·许希传》

敢刺仁宗心下穴，
亟痊帝疾受绯衣。
请王兴建先师庙，
神应针经习艺依。

2022.04.17

【附记】
　　传主谨尊扁鹊为先师。其《神应针经要诀》，似是正史所载的第一部针灸临床专著。惜已佚。

读《宋史·庞安时传》

未冠已熟诸医典，
聩后《难经》刻苦营。
总论伤寒传奥理，
眼能代耳悟书声。

2022.04.16

【附记】

　　传主因病而聩(耳聋)。有《伤寒总病论》名世(1949年后有排印本)。平生以耳代眼，与苏东坡、黄庭坚交游甚密。

读《宋史·钱乙传》

从来孝子出名医，
颅囟专研护稚儿。
古法名方恒化用，
幼科鼻祖万秋师。

2022.04.14

【附记】

　　传主世称"儿科之圣"。著《小儿药证直诀》三卷，现有人卫影印本。

读《宋史·僧智缘传》

凭脉预知休咎术，
释疑安石例医和。
大师出使关西去，
归化羌人仗佛陀。

2022.04.15

【附记】

　　传主善医，察脉知人休咎如神。臣王珪疑问，相王安石引秦国医和诊晋侯例释之。

读《宋史·皇甫坦传》

术高南宋两宗闻，
劝帝无为守一般。
庐取青城山草结，
赐名"清静"御风云。

2022.04.15 太古仓码头

【附记】
　　传主以医闻南宋高宗、孝宗。其庵在四川青城山，高宗书"清静"名之。

读《宋史·王克明传》

攻读《素》《难》痊己病，
擅长针灸理方精。
军逢大疫神医救，
全活官兵数万名。

2022.04.16

【附记】

　　《宋史·王克明传》："……海州，战士大疫，时克明在军中，全活者几万人。"证明中医药能征服大流行的疫病。

读《辽史·直鲁古传》

敌骑橐落世医婴，
天送仁心太祖情。
大内长承针灸术，
书行辽国史留声。

2022.04.17

【附记】

传主乃契丹国（后改国号曰辽）太祖破吐谷浑（羌人部族联盟）之战时，羌人骑士（世医）弃橐内的婴儿。太祖抱归大内，此婴后成为辽国专事针灸的医生。有《脉诀》《针灸书》行于世。

读《辽史·耶律敌鲁传》

观色察形知病原，
沉疴妙法可除根。
猛敲钲鼓狂聋妇，
骂出怒消心热痕。

2022.04.17

【附记】

　　传主此"以意疗"聩妇"心有蓄热，非药石所及"之沉疴的成功案例，耐人寻味。

"金元四大家"之一

读《金史·刘完素传》

尝饮异人贻酒酣，
玄机觉悟内经探。①
宣明要旨寒凉重，
后世迷津得指南。②

062

2022.04.18

【注释】

① 传主尝遇异人而饮其酒，大醉，寤而洞达医术。

② 《精要宣明论》《素问玄机原病式》(此书 1949 年后有影印本) 是其代表作。偏重寒凉方法，为明清温病学派之发轫。

"金元四大家"之二

读《金史·张从正传》

药宗完素擅寒凉，
行善儒医孝义彰。
三法六门精下法，
杏林一帜九州扬。

063

2022.04.18

【附记】
　　传主认为"邪去则正安"，善用汗、吐、下三法，
而以下法最精，后世称他为"攻下派"。"六门三法"
辑入其代表作《儒门事亲》。

"金元四大家"之三

读《元史·李杲传》

笈负千金拜大师，
明之幼岁习医时。
补中益气温脾术，
青出于蓝疫境宜。

2022.04.21

【附记】

　　传主字"明之"，号"东垣老人"。幼岁师事张元素，张尽传其技。元兵围城，辽京久困，兵退后，城内军民疲馁染疫，诸医技穷。东垣创"甘温除热"、补中益气之法活人，史称"补土派"或"温补派"。有《内外伤辨惑论》《脾胃论》《兰室秘藏》传世，现有排印本。

"金元四大家"之四

读《新元史·朱震亨传》

笃行孝道拜名医，
磬折曲腰闻道时。
烛炧漫延三秘籍，
滋阴立法世恒施。

065

2022.04.22

【附记】
世称传主为"丹溪先生"。事师罗知悌，获其授刘完素、张从正及李杲三大家之书。遂尽其旨，而一断于《内经》，熔冶成"滋阴派"。著《格致余论》《局方发挥》传世。其学最详于门人编集之《丹溪心法》。

读《金史·李庆嗣传》

折节为医研《素问》，
仁心一片在悬壶。
携粮带药临瘟域，
不务功名做大夫。

2022.04.19

【附记】

　　传主曾携药与米赴疫区，济贫抗疫，全活者众。著有《伤寒纂类》四卷、《考证活人书》三卷、《伤寒论》三卷及《针经》一卷传世，现已失传。

读《金史·纪天锡传》

不羡登科羡杏林，
素心悟得越人音。
十年集注《难经》手，
掬奉甘泉济世临。

2022.04.20

【附记】

《集注难经》是传主耗十余年心血而成（惜已失传），
上表金朝，获授医学博士。

读《元史·张元素传》

心窍梦中斤凿开，
医经顿悟出奇才。
古方不用为家法，①
杂症善将脾胃培。②

2022.04.23

【注释】

①　传主认为"运气不齐，古今异轨，古方新病，不相能也"。有《珍珠囊》《医学启源》传世。

②　重视调理脾胃，高足李杲（东垣）深得其妙。

读《新元史·刘岳传》

祖业孙承好读书，
术高受聘太医居。
知源享誉"刘三点"，
修史硕儒名不虚。

2022.04.23

【附记】

　　传主祖父刘闻，宋名医也。世其家业。受聘元世祖太医院。以指三点，即知受病之源，时称"刘三点"。后为翰林学士，知制诰，同修国史。

读《明史·滑寿传》

警敏能诗长乐府，
《内》《难》错简类重编。
《灵枢》奇正诸经考，
奥理发挥专著传。

2022.04.23

【附记】

　　滑寿也是一位诗人（尤长乐府）。学医有卓见，师授《内经》《难经》，卒业，即请将两医典进行归类重编，为张介宾（景岳）《类经》之滥觞。而其对督任二奇经与十二正经之关系表述，或可视为李时珍（濒湖）《奇经八脉考》之"蓝本"也。著书多种，以《十四经发挥》最名，今有排印本。晚自号撄宁生，名高，不仕。

读《明史·葛乾孙传》

父习刘张两大家，
乾孙折节续精华。
医名堪与丹溪埒，
难病奇方正史嘉。

2022.04.24

【附记】

　　葛父以医名，遇刘守真、张洁古之书，行其学术于南方。葛屡试不第，折节为医传父业。辄著奇效，名与朱丹溪等。《明史》详载其用奇法治疗四肢痿痹者之成功案例。

读《明史·吕复传》

幸得业师贻禁方，
孤儿夜习伴亲娘。
寒门读出慈悲士，
博学篇篇济世章。

2022.04.24

【附记】

传主少孤贫，孝侍家慈。师事名医郑礼之，获授禁方。勤习而行之辄验。乃尽购古今医书，申旦研读。

此传文载：其对《素问》《灵枢》《本草》《难经》《伤寒论》《脉经》《脉诀》《病原论》《太始天元玉册元诰》《六微旨》《五常政》《玄珠密语》《中藏经》《圣济经》等书，皆有辩论。而自扁鹊、仓公、仲景及金元四大家，皆有评骘。所著有《内经或问》《灵枢经脉笺》《五色诊奇眩》《切脉枢要》《运气图说》《养生杂言》诸书甚众。

史载名医，迄今，读典籍最多且具书目、著述又最多者，吕复元膺也！

读《明史·倪维德传》

祖、父为医哲嗣传，
三家仰仗写新篇。①
妇儿内外奇方治，
启发原机化翳烟。②

2022.04.24

【注释】
　　① 三家，指"金元四大家"之刘完素、张从正和李杲。
　　② 其《原机启微》，为眼科临床理法方药专著。今有排印版。

读《明史·周汉卿传》

术兼内外一针神，
药糁膏封病复春。
浅刺痫风深剔病，
翳挑盅下曲腰伸。

2022.04.25

【附记】

此传文记载的传主典型治例有：

1. 膏封受踶而突出之睛，越三日复故。

2. 瞽十年，（用针）为翻睛刮翳，欻然辨五色。

3. 胃痛剧而乞死者，纳药鼻中，俄喷赤虫寸许，痛旋止。

4. 中蛊似娠妇，下之，病良已。

5. 腹苦奔豕而伛偻者，针之恚然鸣，加以按摩遂愈。

6. 刺十指端之十宣穴，出血而瘛痫病。

7. 瘰疬破溃将死，为剔主疬，深二寸，其余烙以火，数日结痂愈。

8. 项生赘疣如瓜，溃血不止，药糁其穴，血即止。

9. 肠痛胀腹，扪之如罌，灼大针刺之，入三寸许，脓随针进出有声，愈。

10. 辨背曲须杖行之症为"血涩"，针刺两足昆仑穴，顷之投杖去。

读《明史·王履传》

履步丹溪育杏林，
张机为祖最倾心。
伤寒温病探源溯，
彩泼华山绝顶吟。

2022.04.26

【附记】

　　王师从朱丹溪，尊崇张仲景《伤寒论》。著《医经溯洄集》，对伤寒与温热病之区分有独创见解，影响后世医学发展。工诗文，善丹青，诗、文、画获世称誉。

读《明史·戴思恭传》

丹溪弟子大明医，
三帝怜才自药奇。
耄耋乞归骸骨去，
留书敬续业师辞。

2022.04.27 兰圃

【附记】

传主入丹溪堂室，尽得其术。为明太祖（朱元璋）、明惠宗（朱允炆）和明成祖（朱棣）御医。才高方效，备受垂怜。著《证治要诀》《金匮钩玄》祖述丹溪学术，今有排印本。

读《明史·盛寅传》

业师方术窃书来，
坐累凭缘药化灾。
观弈听诗王益喜，
疏方相命救奇才。

2022.04.27

【附记】
　　传主际遇奇崛、波澜起伏、逢凶化吉，堪作大导演剧本也。

读《明史·吴杰 许绅 王纶 王肯堂传》

吴清险局真豪杰，
许救危王亦缙绅。
巡抚王纶湖广治，
肯堂文献准绳珍。

2022.04.28 兰圃

【附记】

　　吴杰，为武宗御医，武宗疾亟时，识破权臣江彬阴谋，劝帝还京师。帝崩，彬伏诛，中外晏然。未几致仕。

　　许绅，受知于明世宗（纪号嘉靖）。妃嫔谋逆，以帛缢帝，气已绝。绅急调峻药下而活之。

　　王纶，任都御史，巡抚湖广，疏方治人，无不立效。有《本草集要》《名医杂著》行世。

　　王肯堂，万历进士，精于医。晚岁退居，编著《证治准绳》，涵盖杂病、类方、伤寒、疡医、幼科、女科，为医家所宗，今有影印本。

读《明史·凌云 李玉传》

凌云针术泰山寻，
李玉恒怀父母心。
绝学奇方医怪病，
鼓桴响应佛陀音。

2022.04.29 兰圃

【附记】

凌云，其针术乃泰山道人所受。剑胆：治寒湿积之嗽病，针刺头顶穴致晕厥，苏后用补法，出针，呕积痰斗许而愈。琴心：病后吐舌症，细斟之，弃泻法，改用补法，效。——正史首次记载针灸医生运用补泻手法。

李玉，针药兼善。案例有：

1. "虫啮脑"之头痛。合杀虫诸药为末，吹鼻中，虫悉从眼耳口鼻出，即愈。

2. 病痿。熬药倾缸内，稍冷，令病者坐其中，浇药，汗大出，立愈。

读《明史·李时珍 缪希雍传》

楚膏继晷谋纲目，
药学丰碑血肉成。
大匠如阳升泰岳，
众星自暗少留名。

2022.04.30

【附记】
　　时珍名扬中外，是中医药物学的最大家。编著《本草纲目》，参阅历代医药典籍八百余家，载药近二千种，厘为一十六部，合成五十二卷。操觚只手，三易其稿，历三十年方成。

读《南雷文案·张景岳传》

理方力主避寒凉，
本草独详参附章。
综核百家《灵》《素》注，
岐黄奥义《类经》扬。

2022.05.01

【附记】

　　张景岳，名介宾。生逢明神宗盛世。独力耕耘《灵枢》《素问》凡四十年，编著成《类经》《类经图翼》，今有排印本。

读《清史稿·傅山传》

铁骨铿锵万历名，
甲申鼎革不降清。
诗书画艺真情赋，
男女两科医术精。

2022.05.02

【附记】

　　傅山，字青主。明万历年间，以刚直上书，揭露阉党而名闻天下。明亡，脱儒服，换道装，黄冠朱衣。康熙诏举，役夫舁其床以行，到大清城门，公卿毕至，卧床不礼。虽强加官号，却冬夏着一布衣。博学多才，诗书画俱精而率真。与子共挽一车贩药行医。著《傅青主女科》《傅青主男科》，传世至今。

读《清史稿·吴有性 戴天章 余霖 刘奎传》

天行戾气害黎民，
有性良医辨证真。
瘟疫定名专著论，
仁心后继共回春。

083

2022.05.02 兰圃

【附记】

明末清初，天下大疫，医以伤寒法治之，不效。吴有性（字又可）推究病原，就所历验，命之为"瘟疫"，创"达原饮"，治伏"膜原"之邪。著《瘟疫论》，为神州首部辨证论治瘟疫的专书。

其后戴天章、余霖、刘奎发扬吴论，于雍正、乾隆年间，皆以治瘟疫名。

又：余霖（字师愚）认为"非石膏不足以治热疫"，创用了名方"清瘟败毒饮"。有《疫疹一得》传世。

读《清史稿·喻昌　徐彬传》

崇祯不遇竟为僧，
还俗医名尚论兴。
法律严明稀岁立，
徒承师业陟高层。

2022.05.03

【附记】

　　喻昌（字嘉言）明崇祯朝不遇，曾披剃为僧。清顺治中以医名。并据明代方有执（字中行）《伤寒论条辨》，编著《尚论篇》。古稀之后，十易其稿，四更其版，著《医门法律》行世。

　　弟子徐彬（字忠可），著《金匮要略论注》，世以为笃论，为《四库全书》著录之本。

读《清史稿·张璐 高斗魁 周学海传》

张氏《医通》胜《准绳》，
斗魁术近介宾兴。
澂之言脉持平论，
校刻丛书学海征。

2022.05.03 兰圃

【附记】

张璐《张氏医通》体例近王肯堂《证治准绳》而深度胜之。耕耘《千金方》数十年，八十二岁方成《千金方衍义》，使后学者对原著开卷了然。

高斗魁任侠，对明遗民破产营救。学术上与张璐同宗张介宾（号景岳）之温补论。

周学海（字澂之）论脉为长；学深如海，校刻、撰著及评注之医籍三十二种，合编称《周氏医学丛书》。

读《清史稿·张志聪 高世栻 陈念祖 黄元御传》

侣山堂主领慈航，
讲论轩岐仲景章。
念祖士宗张氏本；
山东元御重扶阳。

2022.05.03

【附记】

张志聪（字隐庵），浙江钱塘人。在杭州构侣山堂，自顺治中至康熙之初，招同志讲论《内经》凡四十年。乃钱塘医派之领军。

高世栻（字士宗）从张氏讲学历十年，尽窥其奥。竟张氏《本草崇原》未完之著。

陈念祖（字修园）术本张氏之说。嘉庆中，官直隶威县知县，值水灾、大疫，亲施方药，活人无算。晚年普及医学，著述流行。

黄元御（字坤载），山东名医，术主扶阳以抑阴。

读《清史稿·柯琴 尤怡传》

柯氏琴心仲景斟，
尤成大器晚年临。
"贯珠"振铎"来苏"醒，
并唱杏林诗境深。

2022.05.04

【附记】

柯琴（字韵伯）著《伤寒论注》《伤寒论翼》和《伤寒附翼》三书，合称《伤寒来苏集》。论证："仲景之六经，为百病立法，不专为伤寒一科，伤寒杂病，治无二理。"世称其书"大有功于仲景"。

尤怡（字在泾），贫而矢志于医。大器晚成，著《伤寒贯珠集》及《金匮要略心典》，影响深远。

上述著作，今有排印本。

柯、尤皆能诗者。

读《清史稿·叶桂 薛雪 吴瑭 章楠 王士雄传》

《外感》《指南》温证辨，
创新立派众医宗。
士雄经纬诸家论，
生白吴章步桂踪。

2022.05.05

【附记】

叶桂（字天士）乃温病学派的创立者，其《外感温热篇》立"卫气营血"之辨证方药，及门人集编之《临证指南医案》，众学者奉为圭臬。

薛雪（字生白），医派同叶桂，而名亚之。有独见，著《湿温篇》传世。博学，善为诗，工画兰。

吴瑭（号鞠通），学本于叶桂，著《温病条辨》以畅叶桂学术，广传。

章楠（字虚谷），著《医门棒喝》，谓桂、雪最得仲景遗意。

王士雄（字孟英），以《内经》《伤寒论》诸典论"温热病"之文为"经"，选集叶桂、薛雪、余霖、陈平伯四家治温热病之经验为"纬"，编著《温热经纬》。咸丰中，疫疠大作，士雄疗治，多全活。据医历而重订旧著《霍乱论》刊行。医者号为叶氏学派巨擘。

读《清史稿·徐大椿 王维德传》

执简御繁诠仲景，
自编医案冠"洄溪"。
痈疽辨治称维德，
戒用刀针亦主题。

2022.05.06 兰圃

【附记】

徐氏字灵胎，晚号洄溪。博学而精医，自编《洄溪医案》，平实有称。著《伤寒类方》，对仲景之论，独有见地。"削除阴阳六经门目，但使方以类从，证随方定，使人可案证以求方，而不必循经以求证。"其《医学源流论》，"病名""脉象"，"必以望、闻、问三者参之"。兼精疡科，力戒刀针毒药。

王维德（字洪绪），世习疡医，著《外科全生集》，对痈、疽之论治，"前人所未发"。尤戒刀针毒药，与徐大椿说略同。

上列诸书，今有排印本。

读《清史稿·吴谦传》

太医奉诏修《金鉴》，
广集民间大内书。
纂要理求心法正，
慈行普度若舟车。

2022.05.07

【附记】

　　吴谦，字六吉，乾隆朝官太医院院判。奉诏，主撰编医书，历时四年。书成，赐名《医宗金鉴》。虽出众手编辑，而订正医圣《伤寒》《金匮》，本于谦所自撰（采引是代医说凡二十余家）。

　　此书共九十卷，计分《伤》《金》"论注""名医方论"及各科临证"心法要诀"共十五种，是我国综合性医书中最完备、又最简要的一种。梨枣乐镌，广行天下。誉称医家"傍身"之宝。今有排印本。

读《清史稿·绰尔济 伊桑阿 张朝魁传》

不凡绰氏善医伤，

正骨旗人绝技长。

乞者酬张方外术，

神刀剖腹拯危扬。

091

2022.05.08

【附记】

绰尔济，蒙古人，归附清朝。善治箭伤：中矢垂毙者，拔镞敷药，伤寻愈；身披卅余矢昏绝，剖白驼腹置其中，遂甦。

伊桑阿，清皇族后人。正骨术超凡，授徒严苛，有妙法。某官坠马，伤首，脑出，（受教的）"蒙古医士以牛脬蒙其首，其创立愈"。

张朝魁，湖南人，乞者受其厚待而授以异术。治痈疽、瘰疬及跌打、损伤、危急之证，能以刀剖皮肉，入腹去瘀血于脏腑。

读《清史稿·陆懋修 王丙 吕震 邹澍 费伯雄 王清任 唐宗海传》

陆王同族世为医，
家法《伤寒》吕本之。
解剖唐宗清任悟，
邹方卓著伯雄奇。

2022.05.10

【附记】

　　陆懋修，字九芝，显儒世医。

　　王丙，字朴庄，陆外曾祖也。同守仲景家法。

　　吕震，字茶村，其术亦为陆所本者。

　　王清任，字勋臣，著《医林改错》，纠正了前人解剖之错，又犯了"错"时，却创立了逐瘀活血、补气活血等临床实效之方剂，如少腹逐瘀汤、血府逐瘀汤及补阳还五汤等三十余首。

　　唐宗海，字容川，推广清任之义，证以《内经》异同。

　　邹澍，字润安，深究仲景制方之精义，成一家之言。也是一位诗人。

　　费伯雄，字晋卿，医术为清末江南最称者。持脉知病，不待问。谓古医以"和缓"名，可通其意。著《医醇剩义》传世，详于杂病，略于伤寒。

第二章

杏林履印

针灸随想录

玄　门

操针炷艾启玄门，
生有于无岂尽言。
穴隙堪藏金字塔，
骨空妙筑白云轩。
老聃道德千家注，
岐伯灵枢万派尊。
扁鹊难窥经络像，
子期憾聩气流奔。

2023.02.21

无　端

经络循环造化通，
无端声色最难穷。
陶公采菊南山见，
庄子梦身蝴蝶同。
针驭天云调宇宙，
艾寻元气步虚空。
源头不诞如来佛，
伊甸果生先验虹。

2023.02.23 兰圃

时　空

医患针联谒远宗，
时空隧道驾神龙。
亿年瞬眼真元见，
一穴行气祖岳恭。
顾景迷茫思邈化，
诚心执着达摩从。
爱因斯坦相逢笑，
碧宇无边运指容。

2023.02.24

调　神

心存敬畏手操针，
艾炷慈光脉穴临。
人卧兰舟流水漾，
靥涵莲瓣梦言斟。
调神为上千年训，
问道登高一片心。
经络纵横芳草蔚，
春风骀荡育甘霖。

097

2023.02.26 兰圃

神经与经络的关系

此话无端数百年，
东西学者出高贤。
吾遵祝郝精心论，
第六发明华夏捐。

2023.08.13 ~ 15

【附记】

祝总骧与郝金凯主编的《针灸经络生物物理学》，证明了经络系统是一个与神经系统有密切关系又相对独立的系统；经络可以离开"死亡"的神经而继续存在并对外来刺激有反应；经络现象，可以被证实普遍发生于自然界生命的物种（植物、动物）身上。

将祝、郝之论著，与瑞典的 D. 奥托森所著的《神经系统生理学》(人民卫生出版社 1987 年版) 合参对照，可见经络与神经的差异。

1. 针灸穴位之感传 (显或隐) 皆为"循经感传"，而非"神经轴索"之传导，能跨越多个外周神经节段所管之区域。

2.针灸感传呈现双向性，具"非极性"。神经传导绝大多数是有极性（单向性）的。

3.针灸感传速度慢，并在关节（膝、肘、踝、肩等）延搁"受阻"。神经传导则"超导"无阻。

4.离体之残肢，在神经反应消失之后，经络现象尚存。

099

"太素脉"

脉法无端存"太素"，
《聊斋》先记①后《无名》②。
《抉微》③指下临床诀，
或令叔和经④更精。

2022.09

【注释】

① 《聊斋》先记，是指清代蒲松龄著《聊斋志异》之《董生》。

② 后《无名》，是指当代何时希辑注《历代无名医家验案》（学林出版社 1983 年版）载之三例"太素脉"案。

③ 《抉微》，是指清代林之翰所撰《四诊抉微》。

④ 叔和经，是指晋代王叔和所撰《脉经》。

白云山九龙泉品茶见悟

龙涎沏茗白云间，
吸纳清风去颜颜。
暂别烦嚣心耳净，
商量学问胜科班。

2022.09.29

【附记】

　　向读钱钟书先生之文，"大抵学问是荒江野老屋中二三素心人商量培养之事，朝市之显学必成俗学"。如醍醐灌顶也。

　　二三素心，商量培养学问，为何选"荒江野老屋"？

　　风水也！生态也！

　　退休前后十多年，余伉俪登白云山汲泉，囊盛返家瀹茗，九龙泉茶座休憩。与服务员交往，渐知其任职时程之长短，乃其气色相异之一个因素！职程长者，多白皙透红，乐观常笑。职程短者，多颜面少光，少笑。细询详悉者，服务员日饮九龙泉之泉水，纯洁无污；夜住白云山之宿舍，静谧安眠；呼吸负离子丰富的空气，"树多氛"令人舒心。

余夜读写诗，遇难未决，翌晨步摩云路至一座老石桥，以栏为座，面前小涧击石，左右树冠垂荫，鸟鸣风和，展纸低头，沉思旧题，往往运笔生花！

若二三行山客，汲水于氹仔泉后，背囊下山，中午在云溪公园的紫缘轩露天餐厅用膳调侃，话题如风捋古榕赤须，旁征广揽，舒展长延，氤氲多姿。——欤！如此方外之口才，岂非吸纳天然纯真之气，化神秀之所为也！

或戏言之，生命之精致养分，学问之催化剂，不外乎清纯饮水、新鲜空气、宁静环境。素心可养焉。

远游秘笈

丹参丸共老姜头，
备急护游非亚欧。
奇袜常穿增腿力，
背囊藏果远危忧。

2022.10.05

【附记】

在市一中读高中时，某同学给我看其令尊任中国驻埃及大使馆武官时在金字塔前的留影。英姿勃勃，墨镜深沉，黄沙风起，塔尖蓝天。遥远而亲近，神秘又豁然！余敬仰而瞠目结舌，如见一位现代"法老"。妄想油然心生——将来也要去埃及，象武官那样留影，脚踏黄沙，目戴墨镜，背景即为金字塔！梦幻缠绵数十年。

退休后，决意变幻成真。憨憨自2014年始，至2019年，年年出国远游。不单如愿踏足埃及，诗咏金字塔，畅游尼罗河，还浪迹于西欧之英国、法国；中欧之瑞士、德国、奥地利、匈牙利、捷克、斯洛伐克；南欧之意大利；

中南欧之斯洛文尼亚、克罗地亚；东南欧之希腊；北欧之挪威、瑞典、丹麦、芬兰；中东之以色列、约旦；北邻之俄罗斯。

各旅程远航近万里，目的地与中国时差数小时不等；纵览奔波，栉风沐雨，山寒海荡；放浪不羁，涉险探奇，触景生情，即兴唱和；逆旅参差，寐逊餐异……

平生未尝之奇遇，事先难料之震撼，途中突发之灵感，纷纭杂至，余正处辞花甲越古稀之岁，胜任并乐享其中者，导游之称职及团友的互助互勉是首要。而诗中之四项"秘笈"，功岂可没哉！

体倦胸闷，服"复方丹参滴丸"十粒。

寒雨湿衣，老姜头煎水热饮。

机上久坐，长时行走，穿着医用弹性治疗长袜。

苹果，寓祝"一路平安"。

豁　达

骚人放浪天涯逛，
医者乐观仁道行。
豁达胸膺危象散，
神奇滋味莫言明。

2022.10.12 兰圃

【附记】

"因寄所托，放浪形骸之外"者，余曾经也。名山大川，异国胜迹，涉险探奇，极目骋怀，触情兴诗。采美怡心。

从医治病，或称慈航，又或说"赠人玫瑰，手留余香"也。感铭畅慰。

世事纷纭，随机应变，与人为善，无愧于心，悠闲忘忧。

至曰"豁达"之真切感受，其"玄妙之处，则不能传，也不可传"矣。

静聆俄罗斯小提琴家柯岗演奏柴可夫斯基《D 大调

小提琴协奏曲》，柔板的旋律，引发共鸣，人不由己，僵卧，灵魂出窍，随之信步俄罗斯一望无边的大平原，夕阳长晖，温盈躯体，不知岁月，身即音乐，通感初恋。——此乃灵魂豁然出窍而欣快达闻者也。

诸如上类，属灵魂之感应，形而上者也。

真正"形而下者"之"肉身"体验，是余某次服药所触发的。

数年前，某晚寒潮突降，余夜读至子时左右，卧下不久，渐觉冷自指而腕而肘，暂停；趾冷渐上至膝，暂停；肘膝并冷时，即现前胸翳闷，心悸，头额箍痛。幸神尚清。起床，取日本产"救心丹"二粒，合国产"复方丹参滴丸"十三丸，温水送服，复平卧，祈祷生效。

果然生效！

——胸膺之翳闷渐渐舒缓，约十分钟左右。突然！膻中如伸出一双玉手，向左右轻柔地抚豁，透发出难以名状之欣快感，舒布上焦，令人豁然、飘然、安然，欲笑欲歌。慢慢，浸淫躯肢头首通体，而吐纳深缓，随后，不禁轻叹数声，酣睡了。

此属心阳"震旦"，豁然而升，阴霞散去，生命根元得重振奋之象乎？

幸缘诗长广州中医药大学
赖新生教授

长游医海寻诗友，
幸遇忘年两鬓秋。
笑靥天真同道乐，
修行针艾杏林讴。

107

2023.07.05

与广州中医药大学赖新生教授合照

2023 年 7 月 5 日，广州医科大学附属中医医院

第三章

即景沉吟

自题 2022 年 11 月 8 日诊室照

肃静诊堂稀客临，
欣闻针发鼻鼾深。
管他户外新冠恶，
物我皆忘一片心。

2022.11.09

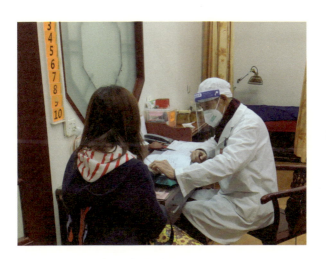

应诊照

2022 年 12 月 20 日，广州十三行国医馆

解　封

解封岂是寻常事，
大智运筹帷幄高。
计询专家听百姓，
披肝沥胆夜焚膏。

2022.12.02

【附记】

　　2022 年 11 月 30 日孙春兰副总理在国家卫健委召开座谈会，听取有关方面专家对优化完善防控措施的意见建议。她指出："……随着奥密克戎病毒致病性的减弱……我国疫情防控面临新形势新任务。"（见 2022 年 12 月 1 日《广州日报》第 4 版右上角。)——这一"新声"，是高层政治家与高端中西医科学权威共鸣的春雷。

有朋自远方归

【题记】

阔别卅年，在医馆再晤广州中医药大学同窗、广州中医药大学新西兰校友会秘书长何智毅，不胜感慨！

新西兰客曾同砚，
万里归来鬓已秋。
医馆衔觞扬解笑，
咫尺天涯共一舟。

2023.06.07 兰圃

深切悼念韩兼善大夫

杏林叶落悲夫子，
橘井名高靠善人。
驾鹤灵山癸卯去，
针坛痛泪失传真。

2023.02.07

【附记】

韩老夫子是广东针灸名医韩绍康之嫡传。

率　真

史河一掏醍醐饮，
笔影三笺走马行。
得意纵横经脉啸，
忘形烛炧出华英。

2023.04.14

115

夜　悟

学而忧不是，
听乐最逍遥。
下里巴人晤，
阳春白雪昭。
针痕玫瑰聚，
艾炷杏花朝。
烛炧寻知已，
临笺分外娇。

116

2023.03.29

颂温病学派山祖叶天士

汗沃香岩桂树栽，
耕耘千载得花开。
江南草绿长沙阙，
归岫天云远古来。

2023.02.20

117

守　岁

除夕坐忘霜鬓羞，
回眸足印薄冰留。
痴诗三集艰难事，
不问风流又一秋。

2023.01.21 ～ 22

题兰圃彩虹

天降吉祥迎客至，
兰馨竹翠伴闲悠。
负暄养正祈仁寿，
疫境慈航化险忧。

2022.12.30 兰圃

夜观世界杯足球赛感怀

百万雄师爱足球，
吼狮自信藐邪酋。
如虹正气场场满，
天助男儿抗疫优。

2022.12.03

诗与医

诗人不可避神明，
三尺素笺心自清。
悯世羞谋方外句，
大夫振管记民生。

2022.11.30

应　诊

室虚生白止安祥，
五斗折腰非主张。
诣诊诉求吾恻隐，
君臣佐使细疏方。

2022.11.15

带教咏（一）

行针炷艾似寻常，
天人合一有主张。
举步三思循正道，
操觚更要重经方。
稀年击掌缘雏凤，
后诣如诗胜海棠。
艾艾呓言何所愿？
娇阳造化杏林香。

123

2022.09.07

带教咏（二）

鸣枝雏凤非凡鸟，
和我春风晚岁吟。
老酿开坛扬觯笑，
三生石上艺同斟。

2023.09.04 兰圃

曾茹奕好

曾祖春秋以孝名，
茹辛苦学大家成。
奕山百草神农采，
好配银针调脉经。

2022.09.06

【附记】

　　曾是 2022 年跟我见习的广州中医药大学大三医学生。

题十三行国医馆抗疫巾帼合照

红颜美影半边天，
不让须眉德艺妍。
品茗同馨佳节贺，
杏林赍志继先贤。

2023.03.08

诊治新冠病毒感染者见怀

"新冠感染"稀年遇，
悔恨平生少读书。
夜坐如如经籍悟，
疏方小效绉眉舒。

2023.01.14

求学记

医海茫茫一叶舟，
当年驭楫逆风求。
青囊满载岐黄梦，
厚茧长铭橘井忧。
仰望星河兴浪笑，
低吟月影漫书浮。
帆临夕照青春远，
日出扶桑老未休。

2023.12.17

咏针灸

经络隐形针穴知，
艾熅得位病能移。
刃游肯綮庖丁技，
智陟高明大象仪。
百代兢兢行善事，
无私业业赋天资。
流年似水苍苔渌，
云影清华豹变奇。

129

2023.12.20

诊余漫笔

只手操觚针艾时，
忘年黑发已霜丝。
前生种石今朝证，
右座铭言祖训持。
穴穴通玄凭得气，
方方对症贵长思。
迷津雾渺难探渡，
舟泛江湖极目移。

2024.01.31

十三行国医馆龙年春茗

春晖酿茗庆龙年，
岁月添华十八鲜。
推盏衔觞扬善举，
耕耘不负有情天。

甲辰正月初十晚

昆仲春夜茗叙

往事陈年普洱茶，
情深兄弟古稀嘉。
印泥鸿爪胼胝厚，
回味平生笑靥华。
淡泊致奇延寿数，
崎岖慎独晤莲花。
同铭座右严慈训，
壶沸茗烟生彩霞。

甲辰正月初七

132

元月二日坐诊有怀

寿增更重慈悲念，
诣诊缘修惜惜心。
天命惟惟针与艾，
朝霞绕鬓晚听琴。

2024.01.03

133

广州十三行国医馆
庆祝教师节记

大道尊师正，
钩沉振滞同。
杏林薪火续，
橘井古今通。
三代衔觞庆，
一堂明志丰。
逾稀何所愿，
延助后昆雄。

2023.09.09

134

第四章

诗云归岫

诗在远方

"游历新境时最容易见出事物的美。"（朱光潜《谈美》）

王右丞出使边塞，惊叹"大漠孤烟直，长河落日圆"。李太白登庐山观瀑布，有"疑是银河落九天"之感慨。

当年游历希腊圣托里尼岛，极目"东正教堂蓝顶天"；夕照泛舟埃及尼罗河，不觉身处"秘史清波万里流"；挪威山麓举杯坐，巧盛"甘露天上来"；卢浮宫遇维纳斯，谧仰天降美女梦外人；牛津学川一瓢饮，醍醐似水淡泊知；登太行山绝岭，一望无边层峦叠浪……

136

　　美其美，吾从未遇之美。何其美，枯肠尽搜，旧文故语，难以化裁为诗语。惟囫囵吞美，反刍其美，移情新物，忘我，赋新辞，泼异彩，中西合璧，耶稣庄子，粉墨登场，聊叙往见如烟之大美。

2022.10.14

外国旅游"频频回首"事记

【题记】

　　值得"频频回首"之憾事，皆寓"失之交臂"之美好。

俄国几乎谒列宾，①
巴黎铁塔未登巡。
爱琴潮浪遮蓝洞，
瑞士湖山隐乐神。②
陟顶南针峰遇雪，
欲游地中海无轮。
何当更剪西欧烛，
不负童心老士绅！

2023.02.13 兰圃

【注释】

　　① 在圣彼得堡俄罗斯博物馆未谒赏列宾名画《伏尔加河的纤夫》。

　　② 在日内瓦湖畔未拜访"乐剧"之神——德国作曲家瓦格纳的故居。

因寄所托外国游

顽心不羁远邦游，
振翮不群如独鸥。
"奥赛"返程忘旧路，①
"蓝湾"往道餐寒流。②
自迷圣母巴黎院，
私访诗人瑞士楼。③
雪岭山妖唯我伴，④
邮轮品茗赏轻舟。⑤

2023.02.13～14

139

【注释】
　　① 跟随旅居巴黎的广州第一中学老同学参观奥赛博物馆（法国国立艺术博物馆）后，返程在"老佛爷"前迷路，幸导游急来领回。
　　② 希腊爱琴海一岛，以天造之"蓝湾"闻世。经荒径往野岭悬崖，能瞰览"蓝湾"之最美景象。沿途榛莽

裂石，风劲雨寒，道仅容履。侥幸在悬崖边狂风摇身时，急留一照。

　　③日内瓦湖岸的诗隆古堡，拜伦曾游历留诗。予购票独入，眺览湖山，竟忘团队在下。一出堡桥，直闻团友怒斥："快来上车，米高（领队兼导游）沿岸找你两遍了！怕你掉到湖里呢！"

　　④挪威之达尔斯尼拔天际观景台，雨云雪风集至，团友畏临，唯传说中的山妖傲岸尽职，伴我护我。

　　⑤在埃及尼罗河邮轮顶上甲板，用随行的紫砂壶煮茶，慢啜远眺白帆轻舟。

南岳衡山

黄庭经有换鹅名，
南岳夫人道观精。
佛磬梵音隋代旺，
祝融峰顶采云成。

2022.11.21

中岳嵩山

天下武僧尊少林，
菩提叶叶印慈心。
古今百座浮屠上，
大德清音碧宇临。

2022.11.22

太行山

神笔岩冠斧劈皴，
千峰兴浪与天邻。
悬湖碧水飘寒雾，
公路云中绝壁驯。

2022.11.23

挪威达尔斯尼拔天际观景台

冰古峰高鹰不泊，
山妖①抵冷护危台。
峡湾远淼天云下，
岩裂草生花小开。

2022.11.24

【注释】
　　① 山妖，挪威传说里的山林保护神，貌丑身矮，鼻隆而尖，头生一双大角，持盾。

巴黎塞纳河

清流艺术名都过，
油彩丹青印象留。
皇冕浪淘沙尽去，
唯传美学载春秋。

2022.11.25

伦敦泰晤士河

大笨钟鸣一水横，
朝阳夕照与时更。
浮云笑对长波说，
国运何如似我清。

2022.11.26

约旦死海

寂淼幽澄水更深，
极咸灭活冠名禁。
仰天躺卧稠浆托，
身似浮云秘境临。

2022.11.27

游雅典卫城记

探赜古城霜鬓灵，
仰瞻名庙步云青。
爱琴海眺垂髫梦，
神话国寻先哲经。
跌宕高崖吟广宇，
留连史迹谒神庭。
骄阳助我忘年乐，
汗缀襟前点点星。

2023.12.22～23

泛舟尼罗河

月照白帆云上舟，
波平影静隐深流。
晚霞焯灼长河暖，
倦鸟归宁古国幽。
法老来生非法老，
留侯后世敬留侯。
飘浮方外人生悟，
天下虚名尽惹忧。

149

2023.12.28

巅峰行纪

襟沾雨雪鬓霜荧，
缺氧南针脸铁青。①
振臂心筹云下句，
登崖履印画中屏。
稀龄自醉群峰美，
旅伴相扶古道馨。
同饮咖啡山顶坐，
弹冠方外未曾经。

150

2023.12.25

【注释】
① 南针，阿尔卑斯山脉一高峰，海拔 3842 米。

友邦音舞

琴音地铁站前听，
悦目天鹅独舞灵。
幸过挪威淘旧碟，
难忘捷克遇名星。
陵园塑像弹经典，
教殿晨钟化雾屏。

151

一曲天涯如故友，
乐坛处处富诗馨。

2024.01.29

灵光助笔

浮云载梦越千山，
曲水流觞异域还。
一盏修篁明月酿，
三生顽石彩霞颁。
赓酬命运诗宜富，
当哭长歌墨自悭。
夜摘星辰襟上缀，
灵光助笔养苍颜。

2024.01.22

豁开茅塞

黄金小巷忆文豪，
云荡水城舟自高。
古堡游寻公爵寓，
酒家笑指独熊髦。
山居夜茗星盈盏，
岩濑天湖啸振袍。
异域缤纷非佛说，
却开茅塞悟风骚。

153

2024.01.19 兰圃

揽胜漫吟

逆旅藏龙伴我眠，
山妖立雪护吟肩。
邮轮沏茗闲云品，
咏侣和诗希腊联。
东正教堂听布道，
诗隆城堡揽湖烟。
无忧宫内皇吹笛，
猪手咸酥送客前。

2024.01.15

啸临诗堂

放浪形骸因所托，
啸临胜境大诗堂。
方尖碑仰庸冠落，
金字塔寻云梦装。
雪岭冰墙惊我矮，
爱神石目暖心扬。
负暄大学牛津渡，
白夜采霞身染霜。

155

2024.01.12

骚人醉眼

圣岛三杯云上饮，
归航醺坐弭乡愁。
红颜美酒高卢贵，
猪手星啤德国优。
天使甜啡含泪酽，
骚人醉眼见帆鸥。
衔觞伏特加同酌，
扬觯吟肩海浪俦。

2024.02.01 兰圃

琴画引行

幸逢金像操琴引，
多瑙河游胜踏春。
举臂柏林墙一丈，
无羁德国酒三巡。
惊涛巨画寒宾客，
大匠鸿篇赞海神。
身倚安徒生返朴，
魂追诺贝尔求真。

157

2024.01.14

水城浪漫

神庙参云修百代，
水城浪漫越千年。
母鞭爱子耕仙国，
师取霞光绘彩莲。
渡海邮轮星浪逐，
登峰薄履雪花穿。
鸥鸣惊醒游人梦，
逆旅丑时如白天。

2023.11.02 兰圃

云间逆旅

自将游历纪为诗，
正是郎中望八期。
趋步蓝厅眸美善，
昂头白夜辨参差。
帝王谷醒长生梦，
圣女园瞻大卫碑。
手采鬓霜筹翰墨，
云间逆旅隐几时。

159

2023.10.22 ~ 23

愕愕昭昭

造化助吾方外吟，
友贻玫瑰鬓边簪。
如痴愕愕红场立，
问艺昭昭奥赛斟。
井出老蛙随海若，
室虚曲士仰风琴。
蛙书难遇真居士，
雨沐天涯净俗心。

2023.10.20 兰圃

观海披霞

耳顺随心能越矩，
航机载梦远方游。
火柴难懂穷孩苦，
普洱常烹韵味优。
观海披霞千岛过，
垂纶戏水一舟浮。
形骸放浪曾经事，
无憾回眸岁未秋。

161

2023.10.19 兰圃

长号横桥

大师昂首问青天，
乐手操琴古殿边。
长号桥横声振岳，
红颜酒醉色如仙。
皇吹银笛忘忧国，
客享猪蹄胜化缘。
诺奖蓝厅天地大，
任凭李白唱诗篇。

2023.10.18

天湖云烟

查理名桥爵士弦，
天湖十六濑云烟。
白鸥伴楫悠闲唱，
蓝洞藏谜浪漫传。
三教耶城争圣地，
千年荒域有尘缘。
孟嘉摘帽陶潜敬，
携砚归来醉菊边。

163

2023.10.17

残墙纪史

琴凌碧落颂芬兰，
多瑙河流乐韵宽。
红海深潜寻杖乐，
峡湾远眺望鸥难。
冰川聚岭挪威冷，
神庙护城希腊安。
残壁柏林何所用，
汗青如镜正衣冠。

2023.10.16

丹麦天琴

大梦大观园外觉，
夜郎开眼豁怀襟。
爱琴海酿梵高彩，
金字塔迷摩诘心。
细雨巴黎桐叶降，
天音丹麦古琴吟。
泛舟品茗长庚照，
盏溢乡愁滴滴金。

165

2023.10.13～14

忆以色列游

额墙信众祷和平，
大卫城池铁血耕。
迎客军人贻笑靥，
种花工匠惜流萦。
朝霞似混硝烟味，
夜梦常闻苦难声。
主诞木槽藏秘洞，
无言圣迹为谁生？

2023.11.20 兰圃

忆红海垂纶

邮轮漫晃若摇篮，
贵客投竿浩淼探。
饵诱飞鱼分浪逐，
人同海鸟共舷谈。
蓝天着意清流渌，
雪鬓诚心造化参。
万顷碧波笺一片，
浮云酿字入诗函。

167

2023.11.22 兰圃

望八吟

曾经坎坷达糊涂，
晚岁何如一老夫。
剪烛吟边疏白鬓，
笑将星雨煮三壶。

2024.01.08

甲辰新春广州兰圃公园赏兰

幽香沁髓吟堂绕，
奇态娇恣展蕙兰。
素锦朝天扬正气，
青虹生彩染衣冠。
藏龙瓣瓣红麟舞，
春剑芯芯翠玉弹。
躬听玲珑花耳语，
红颜句句祝平安。

2024.02.14 兰圃

赏兰闻香纪异

浪漫巴黎香外表，①
蕙馨直沁客胸心。
熏人玫瑰樽前荡，②
脱俗幽兰世外临。
碧锦如笺萌素节，
玲珑欲语报知音。
依篁枕石忘年月，
梦托春晖朵朵吟。

2024.02.26 兰圃

【注释】
① 曾过巴黎知名香水展馆，感觉其以交际用见长。
② 游塞尔维亚，在邻近保加利亚边陲的中餐馆用膳时，保国玫瑰花之香气，越境荡漾樽前。

偷闲偶兴

方外雾重重，
荒唐梦更丰。
天云浮水上，
来去自无踪。

2022.11.10

广州兰圃公园草木名略录

樟。柚木。墨西哥落羽杉。

紫薇。大花紫薇。

玉堂春。罗汉松。十字架树。

木棉。鸡蛋花。白兰（白玉兰）。

桃树。芒果。海芒果。荔枝。龙眼。

香榄树。黄皮树。

枇杷。人面子（仁面果）。柳。

厚朴。倒吊笔。红千层。

白千层。千果榄仁。海南蒲

桃（乌木）。木麻黄。石栗。阴香。

蒲桃。无患子。假苹婆。乌桕。

幌伞枫。洋紫荆。高山榕。

盆架树。水松。池杉。桂花。

金桂。四季桂。黄葛树。

假柿树。水石榕。南洋楹。

172

大花五桠果。石斑木。枫树。
闽粤石楠。山杜英。

长芒杜英。山茶。五月茶。
红果仔。含笑。宫粉紫荆。
人心果。木本曼陀罗。
红花羊蹄甲（红花紫紫）。
红枝蒲桃。南洋杉。灰莉。
澳洲坚果（澳洲胡桃）。

173

黄金间碧竹。粉单竹。
南天竹（蓝田竹）。
青皮竹。大佛肚竹。

紫藤。蓝花藤。葵花崖爬藤。
使君子。锦绣木杜鹃。
鹰爪花（鹰爪兰）。三角梅。

羽裂喜林芋。龙牙花。蒲葵。

红蕉。芭蕉。夹竹桃。鹅掌柴。狗牙花。

花叶冷水花。

文殊兰。鹤顶兰。墨兰。巢蕨。假槟榔。散尾葵。红背桂。蜘蛛抱蛋。银边草。沿阶草。大叶仙茅。龟背葵。铁树。

山棕。江边刺葵。蒲葵。短穗鱼尾葵。鹿角蕨。棕竹。大王椰子（王棕）。

幽园草木古今藏，
俊杰斯文小隐乡。
瀹茗观鱼犹梦里，
蛙书见小即时忘。

2022.11.08

第五章

餐霞品音

餐霞即兴

壶沸书香

壶烹古叶沸书香，
蕴藉如如偈影长。
针艾图经金字塔，
铜人驾杖渡西洋。

2023.04.30

芳华古乐

兰圃七弦云雾拨，
芳华古乐颂朝阳。
沧桑变幻随缘听，
筇杖和酬池岸章。

2023.05.05 兰圃芳华园

鸟临小径

雨霁兰园草木新，
鸟临古径欲依人。
浮生何必逢僧话，
耽读闲庭得妙真。

2023.05.08 兰圃

诗云化雨

琴弹碧宇白云诗，
化雨泉流翠叶时。
月影迷蒙浮梦外，
紫河却向枕边窥。

2023.05.09

借莲酿酒

愿化池鱼云里乐，
却怜岸叟别多情。
借莲酿得青春酒，
朝霞晚露尽诗声。

2023.05.10 兰圃芳华园

先慈厚帛

稀年更念先慈训，
种杏胼胝为助人。
褴褛自穿裁厚帛，
温儿傲骨大夫身。

2023.05.14 兰圃

琴忆故人

甘泉手搴云中月，
知己鸣琴忆故人。
玉漏忘时情未歇，
心弦梦染合缘珍。

2023.05.15 兰圃

修篁协奏

幽园百鸟争鸣乐，
交响和谐得至真。
何必远方寻礼义，
修篁协奏更迷人。

2023.05.17 兰圃

红炉点雪

耆旧相逢不问年，
山中宰相坐泉边。
红炉点雪沧桑美，
古道热肠诗百篇。

2023.05.31

采梦沏茶

黄毛缺齿童，
信步晚霞中。
采撷云如梦，
沏茶香月宫。

2023.06.01

声色相融

故人月夜抚弦鸣，
诱我故人心里生。
声色相融非幻象，
灯前两影却难清。

2023.06.04 兰圃

才雄不孤

《斐多》文出柏拉图，
苏氏雄才道不孤。
座像当年游子谒，
英魂犹在悟凡夫。

2023.06.08 兰圃

品音遐想

星海雷激

满场"星海"客，
台下悟琴音。
雷激梁尘净，
期牙共一心。

2023.06.10

【附记】

2023年6月9日晚，赴星海音乐厅交响乐演奏大厅欣赏陈雷激古琴经典名曲独奏音乐会，大师演奏了《广陵散》《龙翔操》《欸乃》《梅花三弄》《长门怨》等名曲。

广陵散

金弦怒激如天裂，
指剑寒光贯日虹。
星海惊涛酬侠义，
雷霆击木出奇雄。

2023.06.11 太古仓码头

龙翔操

弹弦振岳遏云风，
琴出翔龙百态丰。
台下叶公屏息赏，
惊堂一拍点睛雄。

2023.06.12

欸　乃

大师潇洒兰舟坐，
欸乃一声沧海回。
韵彩流波弦柱绕，
远山夜月照琴台。

2023.06.12

191

梅花三弄

幽香瓣瓣弄寒潮，
雪点素芯情更娇。
目敬虬枝繁广漠，
琴音远送别尘嚣。

2023.06.15

长门怨

指抚玉徽低首吟，
音生清泪冷宫深。
梧桐虽老犹铭爱，
细雨满堂甘露临。

2023.06.11

193

听埃里克·萨蒂钢琴曲
《吉诺佩蒂（裸舞）》和
《玄秘曲》随想

香影听琴歌舞起，
行云步韵渺如烟。
袖扬月色声飘雾，
密语迷人入梦翩。

2022.11.12 ～ 13

194

钢琴组曲《琴书》随听录

敲窗漫影故人来，
展卷共吟天籁开。
黑白分明言古道，
是非自可远琴台。
清风临鬓纤纤抚，
韵语如花句句栽。
梁绕诗音能养寿，
童心不老似顽孩。

195

2023.11.08

听乐随兴

赏乐神何去，
襟怀胜境生。
任凭潜识诱，
出梦故人迎。
浪静蓬莱近，
云浮玉魄轻。
虚心藏万象，
缘曲露峥嵘。

196

2023.06.22 太古仓码头

自题抚琴图

雪鬓抚琴何所愿？
七弦欲化绿丝绦。
幽亭缀梦春常在，
韵步闲云节律高。

2023.05.05

听王清先生演古琴曲《酒狂》即事

酒狂跌宕抱琴行，
明月松风两袖生。
长啸当歌天地和，
敲弦振岳涌泉声。

198

2023.05.24

小年夜聆随咏

天碟禅音添鬓彩，
吟魂晋寿值龙年。
老吾老及人之老，
冀盼杏林生紫烟。

2024.02.02

乐迷逸事

神　游

泛舟碟海远凡喧，
为爱无暇顾冕轩。
夜恋瑶琴留岁月，
朝临圣殿悟乾坤。
稚童膝下牙牙唱，
爵士襟前鼓鼓言。
赏曲随声游五岳，
耆英大论两昆仑。

2023.2.2 兰圃

无　我

裁判球员名曲听，
中场休息误回场。
不修边幅掏钱客，
熟稔英文识品郎。
流汗奔临天碟店，
落机即访故人乡。
大厅金色吾曾染，
维也纳城遗梦香。

2023.2.3 兰圃

知 己

名碟同听知己聚，
天南地北论高明。
琴鸣诗和肖邦韵，
弦抚句酬龚一情。
茗煮天涯邀乐圣，
神游海角悦长庚。
铿锵交响雷霆奏，
惊蛰春华满座生。

2023.02.04

奇　遇

异邦寻碟多奇遇，
正品温馨旧梦修。
涅瓦河边眸大卫，①
忘忧殿上谒皇侯。②
迷人爵士英伦晤，③
摄魄红颜古国收。④
犹太民谣随浪漫，⑤
科恩为我解乡游。⑥

203

2023.02.06

【注释】
　　① 圣彼得堡，大卫演奏的《贝多芬小提琴浪漫曲》；
　　② 德国，菲列特二世《长笛名曲全集》；
　　③ 英国，金·瑞夫斯《金曲选》；
　　④ 埃及，歌后《名曲精选》；
　　⑤ 以色列，《以色列民谣》；
　　⑥ 挪威，科恩《蓝雨衣》。

高僧说"病"

夜谒高僧闻"病"说，
晨聆早课悟禅机。
垢伏灵魂何药治，
梵音逐恶善随归。

2022.10.30 兰圃

【附记】

花甲刚逾，暗忖入世数十年，未知方外之人，如何评说世俗。遂约挚友，前往梅州阴那山万福寺，礼谒释惟添方丈（时任广东省佛教协会副会长）。是夜明月碧空，幸与大德瀹茗叙谈。敬聆慈悲睿智，洞察世态，以字入禅，奥理浅出。解说"农""夫""信""人"诸字之深义，开吾侪心智。余医者，拜问"病"字，即庄严道："病，不能医，医得了的，不是病。"当晚，特许我们入寝"居士楼"。余虽长思高僧说"病"之佛理，却枕着月光安睡。

众僧早课与朝霞共颂，香客心胸随佛偈而开。电光火石，"病"义顿悟。

赤子梵音，温厚情流，山峦回荡，润木繁阴，空灵无量，摩碧化云，浸淫怀抱，沁髓潜心，万般尘垢，世外何留。庙堂不恋，利禄忘求，慈悲大药，魂魄可救，有"病"能痊。

顿悟高僧释"信"字之奥义——仁、义、礼、智、信，信最关键，无信则仁义礼智都是虚假，无成。无"信"，"病"之根源。

虚怀赏乐，任其"洗"心

余嗜迷音乐，自古典名曲，
交响、协奏、独奏、歌剧、圣歌，
而爵士、西部民谣；自中国民乐，
二胡、琵琶、古琴、八尺，而童
声合唱，等等，无所不听。

虽是"乐理"之蒙盲，却放
空襟怀，任其潜入心腹——
或妙手剔肠涤垢，理旧布新；
或红颜耳语，陈词慰友；
或任其春雷闪电，振聩醒魄；
或闻稚孙嬉戏，天伦共乐；
或醉通感而灵枢：遨游"蓝
色多瑙河"、俄国大平川，仰首
欣赏巴黎圣母院之玻璃彩画，静
息聆听"少女的祈祷"，鞭策天马、

踏云穿岳；

　　或参禅方外却忽"忆故人"；

　　或品映月之二泉，与阿炳
夜谈；

　　或坐沐初夏细雨、遥见外婆
笑靥招手……

　　音符化身，此身旧我，焕然
一新！

　　　　　　　　2022.09.28 兰圃

指挥家之身体艺术形象

就我看过的现场录像 DVD 而言，世界上最杰出的指挥家的身体艺术形象：

最严厉的是意大利的托斯卡尼尼；

208

最自信的是奥地利的卡拉扬；

最高贵的是荷兰的门盖尔伯格；

最激情的是美国的伯恩斯坦；

最动情的是日裔小泽征尔！他指挥意大利作曲家的《安魂曲》时，口若喃喃跟随合唱，身颤欲仆，突然执棒疾扬，清泪盈眶，一滴一滴……

2022.12

第六章

蛀书识小

省立中山图书馆"特藏馆"读书记

幸得"华师"知己荐，
《黄庭》古本"特藏"逢。
郎中羽客同堂晤，
云笈医文一义宗。
种杏十年花欲绽，
抚笺三月字能溶。
《内经》解剖千言读，
更仰夫人两《景》丰。①

2023.03.03 兰圃

【注释】

① 两《景》，指世传晋代南岳魏夫人所撰《黄庭内景经》和《黄庭外景经》。

空灵——兰圃读书记

万籁无声物去形，
身心渺渺化兰馨。
莫名豁达容今古，
万象浮幽楮墨灵。

2022.03.19

读唐兰《中国文字学》诗悟
（六诗选三）

一

每字一音非语音，
声符含义越千临。
元音偏重通今古，
异地言殊字共斟。

2022.07.19

【附记】
　　中国文字，是注音的，语言和文字在很古老的时期就已经不一致，从文字上几乎看不到真实的语言。中国的文字变为注音文字，而不变为拼音文字，和她的语言有关。每字一音节，以元音为中心，有一千多个声音符号，其中大部分就是意义符号，这样就可以把这个民族的语言通统写出来。

二

文字尚同天下愿，
好繁趋简各缤纷。
音歧写别生新者，
致用隋唐纵笔耘。

2022.07.22 兰圃

【附记】

六国末年有过一次同一文字的运动，儒家《中庸》里就有这种思想。秦始皇以小篆作"字同文"之标准文字，但同时却孕育了一种新文字，隶书。小篆失败了。汉后，文字在以趋简为主流的演化（变）中，简化、复繁，又受了"同化"的作用，"类推"出新文字。以读音异而类之，缘写法异而生新，因义意歧而变之，由致用而简化，……俊杰缤纷展雄才。钟繇创今隶领风骚，右军序兰亭行千古。隋唐科举，梨桃正字，彼时功莫大焉！

三

商前无字未文明，
甲骨卜辞殷史清。
沧海桑田形体变，
九州百纪字通情。

2022.7.24 兰圃水榭松皮亭

【附记】

殷商文字，甲骨卜辞，铜器铭刻也，文明诸事蕴藉可凭矣。而两周承商，重器如盂鼎竟精铭几百字一篇近于典谟诰誓之大文章。竹简纪年，帛书图像，木牍行文，虎符授（受）令，钱、权铸字……沧桑变化并见证：非文字不足以管统天下，惟文字方可通九州百族殊语之情。

读《庄子》诗悟(三十三首选二)

一

读《庄子·盗跖第二十九》记

隔代名人帷幄辩，
孔丘礼义伪言攻。
惊闻盗跖黄钟响，
趋走出门双目空。

215

2022.02.14

二

读《庄子·天下第三十三》悟

【题记】

哲人刘文典《庄子补正》，其历时十数载之六十六万言巨著也。吾由丑牛岁末始，至寅虎仲春，申旦不辍，随读记与悟，今天终于囫囵一遍。学者赞《天下》名闻天下。果然也！故拟七律见悟，并谨向庄周大师致敬。

216

上古无为随物化，
春秋诸子百家鸣。
各凭其好离真道，
自守所长扬伪声。
钜子硕儒绳墨厉，
寡情才士是非撄。
惠施不足同庄语，
《庄子》承聃一脉生。

2022.03.09 兰圃

敬赠《痴竹诗集》（一）（二）予母校广州中医药大学图书馆

两集诗词母校藏，
老欣梨枣植书乡。
有涯却盼无涯伴，
树上松萝寄梦香。

217

2023.07.03

敬赠《痴竹诗集》
予广东省立中山图书馆记

稀年瘦竹求甘露，
梦立书山仰士林。
名馆珍藏还夙愿，
檀栾舞叶颂秋金。

218

2022.08.19 兰圃

青　鸟

漫步兰园靖养颜，
忽迎异鸟降云间。
蓝如翠玉灵光闪，
告我书藏典籍山。

2022.11.05

【附记】

2022 年 11 月 2 日中午，游兰圃，忽见一排彩鸟眼前翩跹而过，只只身长近尺，闪烁着碧蓝之莹光，鸣扬着吉祥之韵歌。余惊悟，此是报信的"青鸟"！游兰圃近五十年，才幸遇一次！应有喜信。归家，快递员果然送来中山大学图书馆总馆收藏《痴竹诗集》（一）和（二）的纪念函。

"青鸟"是神话中的现实。信然！敢献诗敬而证之。

读魏新河诗词

老蛙离井望天河，
仰读鹍鹏碧宇歌。
五岳共鸣如木铎，
九州得字出松萝。
羽沾七斗词光远，
囊括大千诗味多。
读罢昂头长啸后，
繁星烁泪我吟哦。

2023.12.06 兰圃

再读魏新河诗词

雀寄波音廿国行，
百诗不及一鸿鸣。
孤飞云馆长庚晤，
善导星涛既望倾。
日月风霜平仄越，
沧桑雨露险夷耕。
醍醐滴滴从天降，
启我愚顽楮墨精。

221

2023.12.08

散读《李太白全集》偶得（一）

大唐千百诗家盛，
惟有天才号谪仙。
独立不群遗世外，
纵横邀友醉云边。
笔生雷电吟坛起，
身化霓虹大道传。
五帝三王俱往矣，
举头明月万秋存。

2023.10.04

散读《李太白全集》偶得（二）

跌宕人生潇洒过，
庙堂晦浊仕何图。
餐霞驾雾参禅去，
任侠轻财仗义呼。
懒对夏虫言皓雪，
擅吟乐府缀明珠。
庐山瀑布银河下，
长颂诗仙伟丈夫。

2023.10.05

散读《李太白全集》偶得（三）

长将仙骨磨诗作，
砚盛星河发墨高。
陟岳求丹云上畅，
入宫应制苑中劳。
荆州吝啬阶前地，
子美相知酒中豪。
造化天才天下用，
吟坛千纪领风骚。

224

2023.10.10

读《报任安书》漫笔

史迁牛马走，
登顶汗青台。
剞简承先志，
纪年铭自哀。
逆麟人性亮，
悯世笔花开。
绝唱鸣千代，
泰山回响雷。

2024.01.08 兰圃

兰圃信笔

诊余杂记染茶烟，
得意忘言问古贤。
老齿反刍寻旧味，
枯肠再搜出新篇。
襟前落叶金秋赋，
纸上行文白发延。
彩羽声声如梦呓，
缠绵医脉上云天。

2022.09.05 兰圃

226

夜　读

夜读乐凭高倍镜，
翻书自见故人来。
幸缘种似三生石，
化墨如如月晕开。

2022.06.09

享受生命

大国小鲜愚不晓，
唯诗赧集汗如珠。
行将挥墨临何事？
"医话"缤纷梦笔娱。

2022.08.13

与华南师范大学何天杰教授
伉俪茗叙

曾经磨砺未低头，
往事如诗楮墨修。
汗养春泥求出稻，
书迎夏雨共寻谋。
巴觚焯烁岐黄梦，
烛炧从容教案游。
雪鬓相逢何话少？
沧桑笑厴悟春秋。

229

2022.10.01

咏　兰(联句)

清葱窄叶傍窗台，（糖盅）
墨瓣幽香漫卷来。（痴竹客）
蕙质心芳君子貌，（曾茹奕）
相逢一笑老颜开。（痴竹客）

2022.11.10

博士掠影

【题记】

　　有幸遇到不同专业的博士。卢浮宫的导游，修艺术史；曾到德国研修者，善弹古琴；亦有教授国画者，更有随诊实习针灸的同仁。

卢浮宫里指迷津，
艺海扬帆脱俗尘。
巧手曾经征远国，
伯牙更是读书人。
丹青长卷柔娥舞，
翰墨毫针倩女驯。
散木倚桐沾善露，
夕阳未晚发天真。

231

2023.05.30

罗红摄影杰作《纳纯湖》观叹

大美如斯难偶遇，
惟君执着十三年。
梧桐栖凤留传说，
神墨研湖化绝篇。
堪胜达芬奇出手，
如随李太白寻仙。
心纯合一天人意，
映像凌空馈自然。

2024.01.25 兰圃

谨呈燧人氏①

负暄望八谢池边，
心与诗编审校连。
秋去春来三企踵，
期听函丈训吟肩。

2024.02.21 兰圃

【注释】
　　① 指广东人民出版社燧人氏工作室。

甲辰龙年春联

龙年吉祥
熙阳明礼喆
蔚海富仁慈